AF343099

LETTRE

A

MADAME DE***

SUR LA PIECE INTITULÉE

LE MEDECIN

PAR OCCASION.

A PARIS,

Chez F. G. MERIGOT, Quay des Augustins,
près la rue Gist-le-cœur, aux Armes
de France.

M. DCC. XLV.

AVEC APPROBATION.

LETTRE

A

MADAME DE***,

SUR LA PIECE INTITULEE

LE MEDECIN

PAR OCCASION.

E ne sais si vous aurez autant de reconnoiſſance que
j'ai ſouffert d'ennui. Je
m'apperçus dernierement du deſir
que vous aviez d'un détail un peu
circonſtancié de la piece qui a
pour titre : *Le Médecin par ccca-*

sion. J'ai saifi avec un empreffe-
ment peu commun ce moment
pour vous donner des preuves
finceres de mon entiere obéiffan-
ce. Comment reconnoîtrez-vous
le facrifice que je vous ai fait
d'un tems que j'ai employé à
trois repréfentations. La premiere
m'ayant tellement dégoûté, que
je n'ai pû me déterminer à voir les
deux autres que dans l'efpoir de
m'acquitter plus exactement envers vous.

Que vous êtes heureufe d'être
malade ! Vous auriez furement été
la dupe de votre curiofité : au lieu
que fi le détail que vous allez lire
vous fait baailler, vous n'aurez qu'à
abandonner votre tête au chevet,
& vous voilà indemnifée par un
doux fommeil de la lecture d'une
piece qui vous auroit rendue la
victime de la bienféance, & des
égards que l'on doit au Public.

(5)

Je ne me suis point attaché aux
saillies : je sais que votre philoso-
phie vous a fait renoncer à l'esprit (quoi de plus commun !) pour
jurer une obéissance solemnelle
aux regles du bon sens ; est-il rien
de plus rare ?

J'ai donc pour me conformer à
votre goût, étudié l'ordonnance
de la piece : comme c'est par la
distribution des actes & des scenes
qu'on est en droit de juger du
discernement de l'ouvrier, & comme l'expression est esclave de l'esprit, & la rime un simple mécha-
nisme, j'ai cru devoir abandonner
ces deux dernieres parties qui ont
ébloui tant de gens, pour ne m'attacher qu'à la conduite.

Que ce préliminaire ne vous re-
bute point ; lisez toujours ce détail : il peut vous être utile, ne
fusse que pour vous faire mieux
sentir les beautés de Moliere : tout

eſt utile dans le pays des Lettres ,
le bon & le mauvais, ſur-tout pour
les gens qui ont un bon jugement,
& un goût auſſi décidé que le
vôtre.

Depuis que le Théatre François
eſt devenu l'école des Auteurs ,
& que le Public y régente avec
tant de douceur , on ne doit plus
être ſurpris de ce que ce tribunal
eſt innondé de piéces ſi négligemment travaillées. On pourroit
dire encore en quelque façon , que
ce n'eſt plus qu'un théatre d'eſſais.
Les ſuppreſſions , les augmenta-
tions & les autres changemens
que le ſpectateur a la complaiſan-
ce de conſeiller , enhardiſſent les
Auteurs : cette confiance fait entreprendre une piece , la précipi-
tation la continue , & l'intérêt l'a-
cheve. *Quid non* , &c.

L'Auteur de la piece préſénte
eſt un des plus parfaits politiques

qui fût jamais dans la République
des Lettres. Peu affamé de la
gloire, qu'il ne regarde fans doute
que comme une fumée propre à
étourdir ceux qui la hument, il fe
conforme au goût du fiécle : il pe-
tille, il éblouit : fes éclairs pro-
duifent : en faut-il davantage ? &
n'eft-il pas plus prudent de mourir après fa mort, que de mourir,
pour ainfi dire, pendant fa vie ?
On veut des faillies, il en donne.
Le cœur ne veut plus s'intéreffer,
il eft tombé dans une efpéce de
paralyfie, qui le rend infufcepti-
ble de fentiment ; auffi ne l'atta-
que-t-il point, & quoiqu'il faffe
dire au héros de fa piece, qu'il eft
le Médecin de l'efprit & du cœur,
il me permettra de répondre qu'il
eft comme ceux du corps ; qu'il
fait beaucoup plus de mal que de
bien au premier, & que les remedes qu'il donne pour le dernier,

n'ont aucune vertu. Vous préfer-
ve le Ciel d'en avoir un fembla-
ble ; je craindrois, & ce ne feroit
pas fans raifon, de vous trouver
dans le cercueil, fans être payé
de la peine que je prends aujour-
d'hui pour vous. Car, ne vous y
trompez pas, je ne fuis point généreux, & j'entends tirer toujours
quelque falaire de tout ce que je
fais pour une femme auffi aima-
ble que vous.

On aime le léger, le métaphy-
fique ; on ne fouffre plus que le
haché, & telle période qui renfer-
meroit une penfée folide feroit
baailler, fi elle occupoit une ligne
entiere : écueil qu'il évite avec
foin. La légereté de fon ftile (on
ne peut en difconvenir) lui eft na-
turelle, il a la charmante fatisfa-
ction de n'avoir pas befoin de la
lime ni de l'éponge ; la nature lui
a *legué*, quoiqu'en difent *les* pandou-

res *littéraires*, *un génie vif* & petil-
lant qui féduit d'abord.

On fait tout ce qu'on veut, *on
est tout ce qu'on veut quand on a de
l'efprit*, dit l'Auteur de la piece.
Convenez-vous de la vérité de
cette propofition, & auriez-vous,
Madame, affez d'efprit pour la
croire vraie ? Si j'avois lieu de me
plaindre de vous, je ferois affez
vindicatif pour vous fouhaiter ce
bonheur. Pour moi je la trouve
fauffe, & je crois que quand on a
de l'efprit comme on veut l'avoir
dans ce fiecle, on n'a pas beaucoup de bon fens.

Le poëme drammatique étoit
jadis comme les autres genres de
littérature établi fur des regles in-
violables, que le jugement raffis
de nos ancêtres avoit prefcrites.
Mais l'efprit d'aujourd'hui qui a
ufurpé l'empire du fens commun
ne voulant pas fe plier à ces loix,

lés a abrogées. Les trois unités étoient autrefois les garans de la justesse de l'Auteur : l'exposition qui faisoit l'appanage du premier acte intéressoit le cœur des spectateurs au nœud qui composoit les trois actes suivans. Le dénouement fermoit la piéce , il satisfaisoit sa curiosité , & rien ne languissoit alors dans le poëme. Toutes les scenes sortoient du sujet , elles venoient prendre leur place ; & l'on sortoit du spectacle instruit & amusé. De quelque brillant que l'épisode fut parée , elle étoit tout au plus tolérée , souvent même chassée ignominieusement. Cette louable délicatesse imposoit aux Auteurs la dure nécessité de faire choix de sujets intéressans ; & d'apporter une attention scrupuleuse à la construction des canevas ; ou si l'on mettoit un sujet de fiction on suivoit à la lettre la loi qu'im-

pofe Horace, *Aut fabulam feque-*
re, aut fibi convenientia finge.

On approchoit les fcenes l'une
de l'autre ; on les féparoit enfuite,
on examinoit leur intimité, de
même qu'un Peintre s'attache d'a-
bord à faire le corps en gros, &
travaille, touche, retouche en
particulier les membres ; afin que
rapprochés au tronc, ils forment
un enfemble frappant & parfait.
Corneille, cet admirable drammatique fi vanté, & fi peu imité,
comptoit pour rien le rempliffage,
lorfqu'il avoit fon canevas en re-
gle. La verfification ne l'étonnoit
point ; il n'ignoroit pas que l'efprit fe laiffe facilement éblouir,
mais que le cœur n'eft mis en mouvement que par l'action & les heu-
reufes fituations. Il favoit qu'un
vers foible, pourvû qu'il foit har-
monieux, féduifoit le fpectateur
de fon tems, ordinairement plus

attentif à la conduite qu'à l'expref-
fion.

L'Auteur du Médecin par oc-
cafions'eft diftingué plufieurs fois
par fon défordre éblouiffant. Fai-
fons l'anatomie de la piece, &
voyons quel peut être le fonde-
ment de l'apologie outrée qu'on
en fait.

*La fcene eft dans une maifon de
campagne en Champagne.*

Merlin valet de Monval, gen-
tilhomme qui n'a pour tout bien
que la cape & l'épée, ouvre fous
les habits de Colporteur la fcene
avec Lifette. Celle-ci furprife de
trouver un inconnu dans le falon,
lui demande ce qu'il veut ; elle
reconnoît à fa réponfe la voix de
Merlin : fon étonnement n'eft pas
des plus grands quoiqu'elle le
croye chez les morts depuis fix
mois.

mois. Ils entament la conversa-
tion, elle demande des nouvelles
de Monval, Merlin assure qu'il
a été tué, que ce n'est que sa
mort qui l'a déterminé à quitter
les armes pour se jetter dans la
littérature, son maître lui ayant
legué son génie en dépit des pan-
doures; ce badinage est fin quoiqu'épisodique, au legs près. Cette
pointe est émoussée, & ne porte
point de feu dans l'esprit du spectateur. Lisette après ce dialogue
veut se retirer, le Baron qui est un
Métromane, arrive, & demande
ce que veut cet étranger, Merlin
présente le recueil des piéces qui
ont été faites sur la Convalescence
du Roi : tout cet acte n'est soute-
nu que par une critique de vers
qui ont été faits. Elle est d'autant
plus fade & ennuyeuse, qu'on en
a été rebatu pendant plus de trois
mois ; ce n'est qu'aux extravagan-

B

ces du métromane qu'on est rede-
vable de ce flux de saillies satiri-
ques ; mais comme l'acte n'occu-
peroit point assez de tems, l'Auteur a jugé à propos de mettre un
mensonge dans la bouche du valet. Ne répandez point de pleurs,
Madame ; je sais que vous êtes
tendre, vous commenciez déja à
vous affliger de la mort de Monval, Merlin va vous consoler. Il
a un scrupule de conscience, par-
ce qu'il est nécessaire pour le sou-
tien de la piece. Il retient Lisette
pour lui dire que Monval dont on
a cru la mort, étoit en parfaite
santé, qu'il a fait lui-même répan-
dre le bruit de son trépas pour
éprouver les sentimens de Lucile.

Que pensez-vous, Madame, de
cette épreuve ; convenez avec
moi, que vous l'auriez fait la dupe
de cette supercherie, sur-tout s'il

avoit employé cette fausseté après quatre ans d'absence. Je vous avoue ingénuement que si après avoir été privé de vous un si long-tems, j'apprenois votre mort, je tâcherois après m'être acquitté de tous les devoirs, de puiser quelque consolation dans le cœur d'une autre, & que vous me trouveriez trépassé pour vous, quand bien même vous ressusciteriez pour moi. L'Auteur cependant qui est d'une constance à toute épreuve, rend Monval assez heureux, pour qu'il trouve sa chere Lucile fidelle; je le veux, je ne m'y oppose point : mais qu'une fidélité semblable est peu commune !

Merlin ne s'étant déguisé que pour mieux reconnoître le fort, & disposer ses attaques de façon à l'emporter d'emblée, s'informe à Lisette de toutes les affaires de

la maison ; on lui rend un compte
auffi exact que fi il étoit le chef
du ménage abfent depuis long-
tems, & nouvellement arrivé, on
lui apprend que le Baron, depuis
la perte de tous fes procès, eft
devenu inacceffible ; mais qu'il
reprendra bientôt fon caractére
liant à la vûe de Cléon fon ami,
qui doit inceffamment arriver.
Merlin reçoit cet avis en homme
qui connoît parfaitement cet ami
fi généreux & fi défiré. Vous verrez, Madame, à la fin du fecond
Acte, que Monval ne le connoît
point, ce qui n'eft pas vraifemblable, puifqu'il paroît que Merlin
lui eft attaché depuis fon départ
pour le fervice ; mais cette faute
étoit abfolument néceffaire pour
prolonger l'Acte qui finit après
que Merlin & Lifette ont décidé, que pour introduire Monval
dans la maifon, il faut le décorer
du titre de Médecin.   Je

Je fais une réflexion, Madame; je demande à l'Auteur où Monval a fait connoiſſance de Lucile ; comment l'a-t'il entretenue ; je lui demande encore pourquoi cet Amant ſi cheri a beſoin de recourir à ce déguiſement pour s'introduire chez elle. Les parens l'ont-ils traverſé , l'expoſition n'en dit rien. Sur-quoi donc le Spectateur peut-il aſſeoir l'intérêt qu'il doit prendre ? L'Auteur ne répond point ; ſon ſilence ne me donne-t'il pas le droit de dire que l'expoſition, loin de jetter une certaine lumiere ſur le reſte de la Piece , l'enveloppe de nuages épais qui la rendent inintelligible & ſans nœud.

Ma crainte ſe renouvelle, & ce n'eſt pas ſans raiſon, comment ne vous ennuieriez - vous point ? Vous allez entrer dans un hôpital rempli d'hipocondriaques. Le Ba-

B

ron pere de Lucile eſt un plaideur déſeſpéré , qui vient d'eſſuyer la perte de tant de procès, qu'il eſt devenu à charge à lui-même. Il a cependant encore aſſez de bon ſens , pour ſe ſéqueſtrer dans un appartement , de peur d'ennuyer les autres ; mais pour s'indamniſer de ſon inſociabilité , il prend la route du Parnaſſe, pour converſer avec les Muſes. Lucile ſa fille eſt tombée dans une langueur mortelle ; la perte de ſon amant la rend inconſolable : la Marquiſe ſa tante qui a une toux légere, eſt en perſonne de ſon ſexe mélancolique par compagnie. Cette perſpective ne fait elle pas un point de vûe charmant ſur le Théatre François ?

Comment, je ſuis ſurpris, Madame ; votre fermeté m'étonne, ou, pour mieux dire, votre inſomnie eſt incurable. Le Médecin

Prussien qui est un autre Esculape,
vous a envoyé le soporatif le plus
spécifique que je connoisse, &
vous veillez encore? La dose que
vous venez de prendre ne vous
jette point dans les bras du som-
meil? Et vous vous sentez, dites-
vous, assez de hardiesse pour en
prendre une seconde; quelle ai-
mable malade, & que vous avez
de charmes pour la salubre faculté! Eh bien, j'y consens, voici
le second acte, voyons si vous ré-
sisterez à ses effets.

Le second acte instruit Monval
du rôle qu'il a à soutenir: de Militaire, il devient Médecin Prussien. Lisette & Merlin (vous venez de le voir) lui ont donné sa
licence; vous aurez lieu de con-
noître bientôt qu'il n'en a jamais
eu d'autre. La Marquise vient sur la
scene, lui confie sa santé, & pour
lui donner une preuve non équi-

voque de l'espoir qu'elle a en ses secrets merveilleux, quoiqu'elle l'ait à son abord trouvé bien jeune, & que Lisette lui ait répondu par une saillie émoussée qu'il *en est plus couru* ; elle le prie d'entreprendre la curé de sa chere Lucile. Madame la Marquise, sauf le respect que je lui dois, prend pour la consultation des précautions très-indécentes ; elle veut, dit-elle, être sans témoins : l'Esculape nouveau fait sortir Lisette & Merlin.

N'allez pas, Madame, vous représenter dans la Marquise une personne qui doive craindre de faire l'aveu de ses infirmités à un Médecin dont elle réclame le secours. Elle n'a que la migraine, une toux légere, beaucoup de mélancolie, & des flétrissures de cœur, dont le récit affadit celui de tous les Spectateurs.

Le Medecin ne perd point con-
tenance , il conferve encore ce
caractère gratieux , badin & dé-
licat d'un veritable militaire. Il
ordonne le bal , la Comedie , la
promenade, toutes les occupations
en un mot de votre fexe. Cette
fcéne , il faut en convenir, eft fou-
tenue de beaucoup de faillies ;
clinquant qui empêche en éblouiffant de voir le vuide qu'il mafque.
En un mot toute la recette de
l'Hipocrate comique fe réduit à ne
point épuifer les plaifirs , mais à les
effleurer tous. *N'en épuifés aucun,*
mais effleurez-les tous , maxime que
l'Auteur a parfaitement pratiquée
lui-même dans la compofition de
fa piéce ; & nous avons tout lieu
de préfumer qu'il a entrepris fon
fujet avec plaifir , puifqu'il ne l'a
qu'éfleuré.

La Marquife charmée d'une ordonnance qui ne contient rien

qui approche du dégoutant insé-
parable des remedes même les
plus simples, recommande le Baron son frere à ses soins. Elle lui
fait le rapport de la maniere dont
il est agité, le Medecin la con-
sole en lui disant que ce mal n'est
pas mortel. Il en est une preuve
incontestable puisqu'il en est lui-
même attaqué, (vous le verrez
dans la suite) & qu'il vit encore.

La Marquise entousiasmée d'un
homme si divin, vuide la scéne pour
faire place à Lisette. Le Medecin
qui desire ardemment de voir Lucile sa malade & sa maitresse, ne
neglige rien pour la déterminer à
l'introduire chés elle; elle resiste;
mais enfin elle cede a cette saillie,
l'Amant sera caché sous les traits
d'Esculape.

Je ne sçai si cette pointe s'est
présentée dans un faux jour, quoiqu'il en soit, il me semble qu'on

ne se déguise point sous les traits des autres. On ne peut point les emprunter. D'ailleurs, comment auroit - il pû se cacher sous les traits du Dieu de la Medecine en se présentant denué des attributs de ce Dieu, & habillé aussi cavalierement que notre jeune Medecin ? On peut se cacher sous les habits d'un autre, mais sous les traits, c'est ce dont je ne puis convenir. Cependant je ne decide pas, je renvoye ce jugement à votre tribunal, bien résigné à payer l'amende & à faire la réparation que vous jugerez, si votre arrêt me condamne.

Lisette enfin touchée de l'empressement du Docteur, l'introduit dans l'appartement de Lucile, & l'acte finit.

Vos paupieres s'affaissent, vos bras tombent sur le chevet, Morphée a versé ses pavots sur la dose que vous avez prise. Ce second acte a eu tout l'effet que j'en attendois, dormez, Madame, payez-vous du sacrifice que vous venez de faire, je ne vous accorde que le tems de l'intermede.

Allons, Madame, éveillez-vous, étendez vos bras, frotez vos yeux, ouvrez-les, vous n'avez jamais rien vû de si beau, que ce que je vais vous présenter : l'acte commence, la Marquise est en mouvement ; toujours empressée pour le rétablissement de toute la famille, elle vole sur la scéne, elle ne néglige rien ; est-il nécessaire pour avancer la guérison de ces chers malades de demander le nom de Merlin & de son Maître ? Elle le fait, & c'est par où commence le troisiéme acte ; en effet quelle pouvoit en être l'ouverture ; Merlin est complaisant, il cherche dans sa cervelle des noms Prussiens,

Pruffiens , il donne à fon Maître
celui de Browms : la Marquife le
falue fous ce nom , fa furprife
lorfqu'il s'entend ainfi nommer ,
forme un coup de Théatre merveilleux , il fe remet cependant.

Vous croyez avec moi, Ma-
dame, que cet amantvient de quitter les genoux de fa Maitreffe ,
point du tout, la fcéne du portrait,
qu'on va donner, vaut bien une ir-
régularité de cette efpece ; il faut
pour la ménager, que le Medecin
& Lifette ayent refléchi qu'il
étoit à propos de préparer Lucile
à voir un Hipocrate fi capable de
la furprendre ; c'eft auffi une né-
ceffité qu'il en fait à la Marquife,
lorfqu'elle le preffe de voir fa
niéce.

Lifette vient enfin, porte pour
nouvelle que Lucile eft détermi-
née à voir Mr. le Docteur dans
le Salon , la Marquife la reçoit

avec une joie indicible, elle veut s'y trouver ; mais non, les précautions ordinaires de l'Auteur banissent tout témoin, quel qu'il soit : Lucile veut être seule pour faire l'ouverture de sa maladie. Ne la croyez pas suspecte, Madame, & soyons plus indulgent, que l'Auteur n'a été prudent ; la Marquise consent à sa retraite, Lucile enfin vient travailler au portait de son amant, qui se cache derriere l'atelier ; ici elle déclare ouvertement tous ses sentimens ; le bruit de sa mort autorise l'effusion de son cœur, elle se livre à tous les transports d'une amante désolée, elle veut embrasser cette charmante copie ; mais Lisette, soubrête commode enleve l'âtelier pour lui présenter l'original ; cette scéne seroit belle si elle eût été bien œconomisée ; on ne doit point insister long-temps sur des situations pareilles.

Monval est à genoux , Lucile
revient de sa surprise ; la pudeur ,
loin de la faire rougir de la décla-
ration peu mésurée , qu'elle vient
de faire , n'a au contraire aucun
pouvoir sur elle; ces transports re-
doublent à ce point , que l'amant
reste muet & comme interdit d'u-
ne tendresse , qui n'a point les
bornes de la bienséance.

Ce coup de théatre (l'Auteur
devoit le pressentir) ne pouvoit
que languir , ou n'être point dans
le vrai.

Ce tableau vous rappellera sans
doute, Madame, celui de Radhge-
zilde , histoire Polonoise : nous
avons assez souvent parlé de la
constance de cette malheureuse
Princesse, l'avanture du tableau ,
qui est la même dans la piéce
d'aujourd'hui la fit monter sur le
Trône.

J'admire l'adresse de l'Auteur.

Il faut en avoir pour placer si heu-
reusement cette avanture ; mais
je ne suis pas moins frappé de
l'indulgence du public , qui baail-
le pendant quatre actes , pour
jouir de cette scéne ; croyez-vous,
Madame , qu'elle soit acheptée
en conscience , ce qu'elle vaut ?
Il n'y a plus de justice dans la
république des lettres. On pille ,
on vôle , on porte sa feaux dans
les moissons étrangeres : point de
punition à craindre : ces larcins
font encensés , loin d'être punis ;
& comme dit l'Auteur. *Eh ! qui
brille aujourd'hui de sa propre clar-
té ? Tout trompe , tout est guay sous
la plume du Paon.* L'impunité de
ce crime , qui paroît au grand
jour , & qui reçoit les hommages
au préjudice du véritable mérite
placé sur la double cime , tel
qui peut être , est encore couvert
sous les fables du sacré Vallon.

Combien d'Auteurs , dont on méprife la mémoire, feroient en droit de revendiquer les vols, qui leur ont été faits par les tirans de leur gloire ? *Hos ego verſiculos feci ; tulit alter honores.*

Sic vos non vobis.
Sic vos non vobis.
Sic vos non vobis.
Sic vos non vobis.

Je me fouviens , Madame, que j'ai témérairement avancé , que cette piéce n'étoit que du reſſort de l'efprit ; mais je fuis jufte, je dois une réparation à l'Auteur : qui reconnoît fa faute & l'avouë , merite d'en être abſous. La fcéne qui fuit , eſt entiérement de la jurifdiction des fens : vous devez m'en croire fur ma parole, lorf-que Mr. Browms perfuade à Lu-cile, qu'il eſt à propos pour leurs intérêts communs de diffimuler encore quelque temps la guérifon. Merlin vient annoncer que Cléon, ce vieillard , attendu depuis fi long-temps , va paroître ; Lucile fe jette fur un Fauteüeil , & fuppofe un fommeil profond , produit par un Elixir.

Ce tableau eft riant, il fait fur moi des effets d'autant plus merveilleux, que je les éprouve très rarement : je vous en envois l'ébauche : fi vous pouviez changer votre féxe , vous ne pourriez réfifter aux vives impreffions qu'il feroit fur vous.

Lucile eft Mademoifelle Gauffein, cette charmante Actrice : elle eft négligemment couchée fur un fauteüil ; fes bras nuds armés de deux Braffelets noirs préfentent aux yeux un blanc de neige , qui les éblouit : ces yeux , ces deux Soleils , qui ont embrazé tous les

cœurs, font couverts d'une pau-
piere blanche, fine & liffée, qui
décrit la régularité de l'orbite ;
L'amour femble s'y être caché ;
un je ne fçai quoi tendre , doux
& touchant eft répandu fur l'é-
mail de fon teint. Une Croix de
diamans, où les rayons tremblans
des illuminations vont fe brifer ,
les réfléchit , ils vont fillonner
légerement, & nuancer fon ver-
millon. Que de jeunes aurores ont
profité des feux qu'elle a allu-
més dans les thitons, qui n'avoient
point dégelé depuis un luftre !
Cléon lui-même, qui la furprend
dans fon fommeil fe fent devoré
d'un feu, qu'il ne peut contenir,
la Marquife enfin arrive, & dif-
ferte avec Cléon & Mr. Browms
fur ces heureux événemens. La
Marquife admire le fçavoir de fon
Efculape, elle attend le reveil im-
patiamment, elle le demande avec

inſtance ; le Medecin ſe rend , il touche le petit doigt ; Lucile s'é-veille , l'acte eſt fermé par la pro-meſſe que le Medecin fait de guérir le Métromane.

Croyez - vous, Madame , que l'on feroit une injuſtice à l'Au-teur , ſi l'on diſoit , que la Cher-cheuſe d'eſprit eſt en droit de ré-clamer cette ſcéne ? & ſi l'affaire étoit portée à notre tribunal , ne croirions-nous pas violer les loix les plus ſacrées, ſi nous ne con-damnions l'Auteur à la reſtitution, & avec d'autant plus de raiſon même , que cette ſcéne eſt peu faite pour un Théatre auſſi épuré.

Employons le temps de cet in-terméde à demander à l'Auteur, s'il eſt bien vrai-ſemblable , que la Marquiſe, qui ſçait que ſa niéce aime la peinture, n'ait point dé-couvert , ou ſurpris Lucile tra-

vaillant à ce portrait ; il eſt commencé depuis huit jours , & s'il
eſt tombé ſous ſes yeux, comme
il n'y a point lieu d'en douter ;
peut-on croire, qu'elle n'a pas eû
la ſage prévoyance de demander
à ſa niéce, qu'elle ne quitte point,
pour ainſi dire, qui eſt l'original
de cette copie ? tout la portoit à
s'en informer ; Lucile tombée en
langueur , Lucile fondante en
pleurs , Lucile enfin le pinceau
à la main , faiſant le portrait d'un
jeune homme ; quoi ! toutes ces
circonſtances raſſemblées n'ont
point fait naître dans l'eſprit de la
Marquiſe le moindre ſoupçon ?
mais le Métromane arrive avec
une brochure ; Ceſſons cette dif-
cuſſion ; l'Auteur n'a point de ré-
ponſe ; le quatriéme acte commence ; voyons-le.

Le Baron ouvre la ſcéne avec
ſa brochure. Toute ſa critique ,

n'eſt qu'une repetition du premier
acte, à cette difference près, qu'il
fait plus d'extravagances , & que
le nuage de poudre eſt beaucoup
plus épais.

M$_r$. Browns entre avec Merlin, & jouë une ſcéne auſſi muet-
te, que toute la piéce.

Merlin ſort pour faire place à
Liſette, qui vient annoncer M^r.
le Docteur. On répand des ſatires
ſur les Médecins auſſi ridées ,
qu'une vieille de quatre-vingt ans;
mais enfin on le fait paſſer pour
Poëte & pour étranger, ces deux
titres mettent le calme dans le cer-
veau du Maniaque, il arrange ſa
perruque qui vient d'eſſuyer mille
tortures inutiles ; ils engagent la
converſation ; le Métromane eſt
guéri par un ſecret, qui n'eſt pas
même ignoré des gens de la lie.
M^r.le Médecin a fait de la proſe ri-
mée à la louange du Roi, il en

fait préfent à fon malade , il lui
ordonne de fe donner pour Auteur de cette Piece , infiniment
inferieure à celles qu'il vient de
profcrire , on ordonne avec confiance un remede , qu'on a expé-
rimenté. Nous avons trouvé dans
le troifiéme acte , que l'Auteur a
pratiqué heureufement cette mé-
thode ; ne foyons donc plus fur-
pris de ce qu'il la met en ufage
envers le Métromane.

*Le malade purgé de tout fon cha-
grin noir*, tranfporté de joie , vôle
au-devant de la Marquife fa fœur;
il lui apprend le prodige qui vient
d'arriver ; Cléon fe préfente &
fait la demande de Lucile , qui
affecte de fe trouver mal ; Cléon
eft chaffé pour ainfi dire, par Mr.
Browins , & vuide la fcéne ; l'A-
mant & l'Amante fe font beaucoup de proteftations ; c'eft ici ,
à proprement parler , que com-

mence le nœud d'une Piéce nouvelle ; celle-ci eſt finie ; toutes
les cures ſont faites ; Mr. Browns
peut partir pour Berlin ; mais le
cinquiéme aĉte l'arrête ; voyons
par quel hazard.

Allons, Madame, courage, ne
vous rebutez point , je vous ai
engagée dans un l'abirinthe, nous
n'avons point d'Ariane , qui nous
donne le fil ; n'importe, tâchons
d'en ſortir.

Comme cet Aĉte eſt entierement détaché des quatre premiers,
& qu'il forme en lui ſeul une piéce, on y a fait des changemens,
qui n'ont point mis l'Auteur dans
la néceſſité de paſſer l'éponge ſur
les autres. La demande que Cléon
a fait intrigue les deux Amans :
ce n'eſt point ſans raiſon ; car il
a le conſentement du Baron & de
la Marquiſe. Lucile , qui dans
les deux premieres repréſentations

véritablement paſſionnée pour Monval, s'étoit chargée de faire réuſſir le mariage, avoit aſſez de front pour venir manier le cœur de Cléon. En fille bien inſtruite, elle mettoit à profit la foibleſſe du bon vieillard, qui ſe déterminoit enfin à renoncer à ſon mariage, pour la laiſſer toute à ſon amant; aujourd'hui ce n'eſt plus cela, un reſte de pudeur la ramene à ſon devoir, ſon front s'eſt retréci; ſes feux ſe ſont concentrés; elle laiſ-ſe ce ſoin au médecin ſon amant. Celui-ci, pour obtenir ce qu'il veut, dit au vieillard en termes poliment ménagés, qu'à ſon âge on eſt dangereuſement malade, lorſqu'on ſe trouve aſſez de ſan-té, pour épouſer une jeune fille; Cléon, après quelques inſtances, voit bien qu'il n'y a que ſa com-plaiſance qui puiſſe emmener le dénouement; non-ſeulement il

renonce à fon mariage ; mais encore il donne tous fes biens : excès
de générofité, qui n'eft pas commun aux gens , qui comme lui
courbés fous le poids des années,
ont affez d'avidité pour aller cher-
cher des richeffes dans le nouveau
monde.

Peut-être vous croyez-vous à
la fin de la Piéce ; détrompez-vous,
Madame, on tombe dans Scylla
après avoir évité Caribde ; un nou-
vel incident vient encore troubler
un bonheur que les deux Amans
croyoient affuré. Une Comteffe
échappée de quelque château dé-
lâbré de la Champagne vient pour
enlever le Médecin ; il a charmé
toutes les femmes de ce pays :
tant de mérite, comme l'on dit,
eft quelquefois à charge ; nous
avons le malheur de l'éprouver :
plût au ciel, qu'il en eût moins
pour les Champenoifes ; nous lui

en trouverions plus fur la Scéne
Françoife. La Comteffe lui offre
une Veuve puiffamment richè ; la
Marquife vient porter cette affli-
geante nouvelle à la petite Lucile,
cette pauvre enfant, qui déjà pour
ainfi dire, fe croyoit dans le lit
nuptial ; Lifette paroît affligée de
cette cataftrophe ; Lucile concer-
te avec fa tante tous les moyens
pour rompre les mefures de la
Comteffe, & dit : *Vient-on dans
les maifons pour enlever les gens ?*

En effet n'a-t'elle pas raifon,
que vient faire cette femme, qui
a le don de nous ennuyer fans paroître ? quelque démon l'obféde,
fans doute, pourquoi vient-elle
fufpendre la confommation d'un
mariage, que toutes les fituations
préfentes nous font foupçonner
commencé ? Un mariage enfin,
auquel elle avoit fçû fi bien nous
intéreffer. Lifette confeille à la

tante de s'attacher Mr. Browms
par des liens indiſſolubles ; celle-
ci , dont le tempérament ſe ré-
veille, goute cette propoſition, &
veut par un trait de généroſité ſe
ſacrifier pour la ſanté commune,
Liſette la voyant dans ce deſſein
ſe félicite du ſuccès de ſa com-
miſſion ; elle court en porter la
nouvelle à ſa chere maitreſſe ; la
Marquiſe fait un long monologue,
d'autant plus ennuyeux , qu'elle
fait la revûe de tous ſes charmes
ſurannés,

Ne me demandez point , Madame, ſi la Marquiſe eſt fille ou
veuve ; je vous jure que je n'en
ſçai-rien ; mais il paroît que ſi elle
a vêçû dans le célibat, elle a dans
le Soliloque un retour qui la
fait extravaguer ; ou que ſi elle
eſt dans la viduité, elle brûle ſu-
bitement d'un déſir éfréné de ré-
parer le tems qu'elle a ſans doute

te forcément confacré à la mémoire du défunt.

Le *qui-pro-quo*, vous le voyez,
eft entierement déplacé. Eft-il
d'ailleurs vraifemblable que dans
vingt-quatre heures , la réputa-
tion de M_r. Browms fe foit fi bien
établie , qu'on vienne de toutes
parts fe jetter à fa tête pour l'é-
poufer ; mais je le vois venir fur
la fcéne ; il aborde la Marquife,
il lui parle de l'établiffement que
la Comteffe lui a propofé. Il té-
moigne n'être point fenfible à cet
honneur.

Le *qui-pro-quo* n'eft pas ména-
gé avec art ; puifque M_r. Browms
affure qu'il lui feroit impoffible
d'abandonner Lucile fa niéce :
L'Auteur a fans doute penfé que
la fureur utérine dont la Marquife
eft agitée , l'étourdiroit fur ce dif-
cours ; puifqu'elle eft toujours
dans l'erreur , & qu'elle fe retire

D

pour aller parler à son frere de cet établissement. M^r. Browms est aussi la dupe de l'échange, sensible à l'empressement de la Marquise, il fait, pour lui en témoigner sa reconnoissance, tomber avec lui toute la faculté à ses genoux. (*Voyez à vos genoux tomber la faculté*,) cette saillie tient trop du bas comique, pour mériter dans la bouche de l'Amant tous les applaudissemens dont le public Coissinien l'a honorée.

Le Baron qui vient d'être instruit de tout ce qui se passe, vôle sur la Sçéne avec des transports d'allégresse pour embrasser son beau-frere ; ce titre ne convient point à M^r. Browms, il n'aspire qu'a celui de gendre, il l'obtient par la médiation de Cléon, cet ami généreux ; la Marquise, qui dans les premieres représentations venoit sur la Scéne rougir de sa bévûe , a été éxilée pendant quelque jours dans son appartement ; cette femme est d'un caractére non-seulement indéfini , mais encore indéfinissable ; on a lieu de présumer , que l'Auteur ne le connoît point. Comme le Spectateur ignoroit son sort, on lui a permis de venir l'en instruire, & la Piéce finit (le dirai-je) sans avoir commencé.

Votre très-humble serviteur, &c.

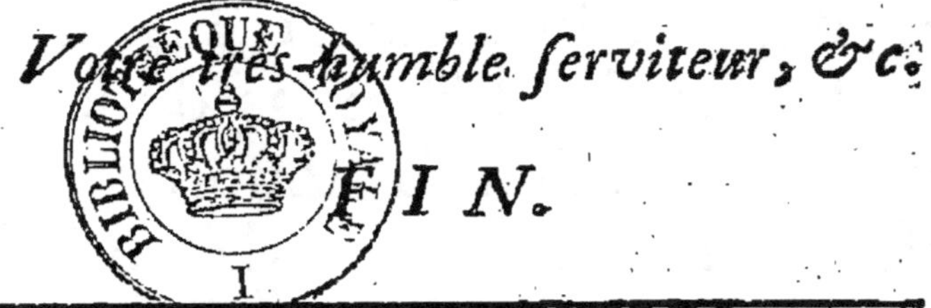

F I N.

Lû & approuvé ce 30. Mars 1745. CREBILLON.

Vû l'Approbation du Sieur Crébillon , permis d'Imprimer ce 31. Mars 1745. MARVILLE.